Françoise et Armand

J'ai rêvé que...

Ribambelle
HATIER

© 1997 pour l'édition originale : J'ai rêvé que... Françoise & Armand Kaercher et Grandir pour le texte et les illustrations, ISBN 2 84 166-031-1.
© Hatier, Paris, 2000, ISBN 2-218-72 949-0.
Loi n° 49 956 du 16 juillet 1949 sur les publications destinées à la jeunesse.

J'ai rêvé
que mon nounours
était vivant.

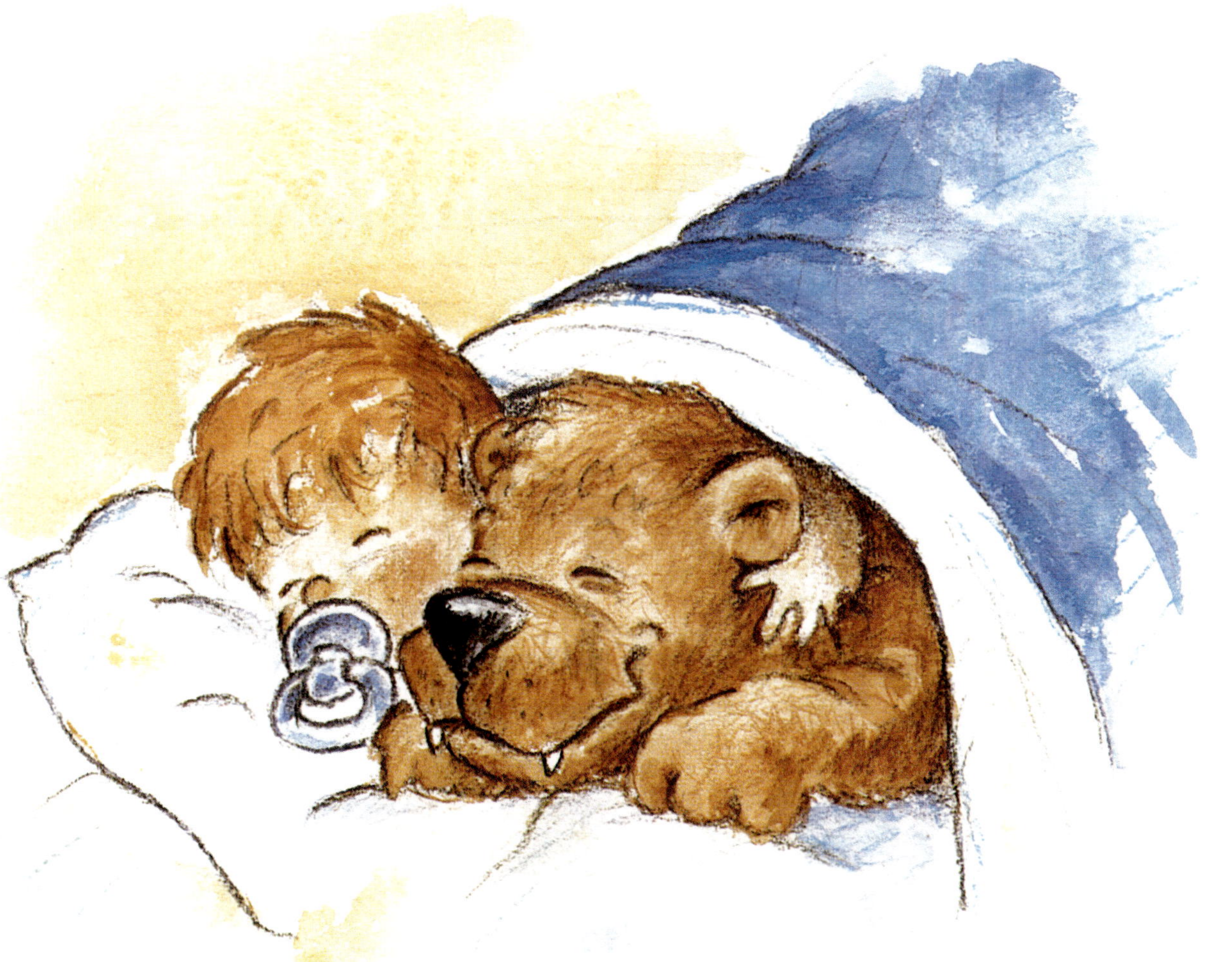

J'ai rêvé
que j'étais le chef du monde.

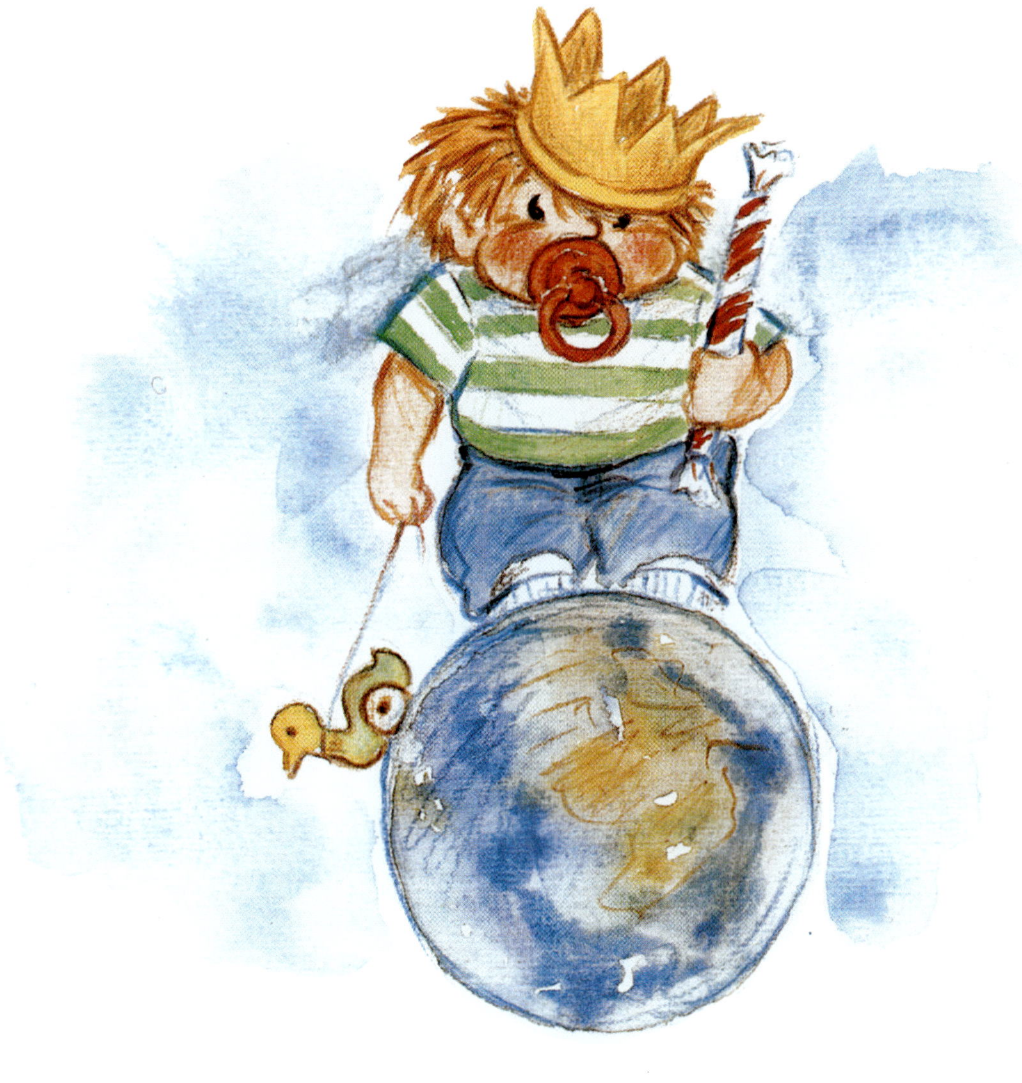

J'ai rêvé que j'étais riche.

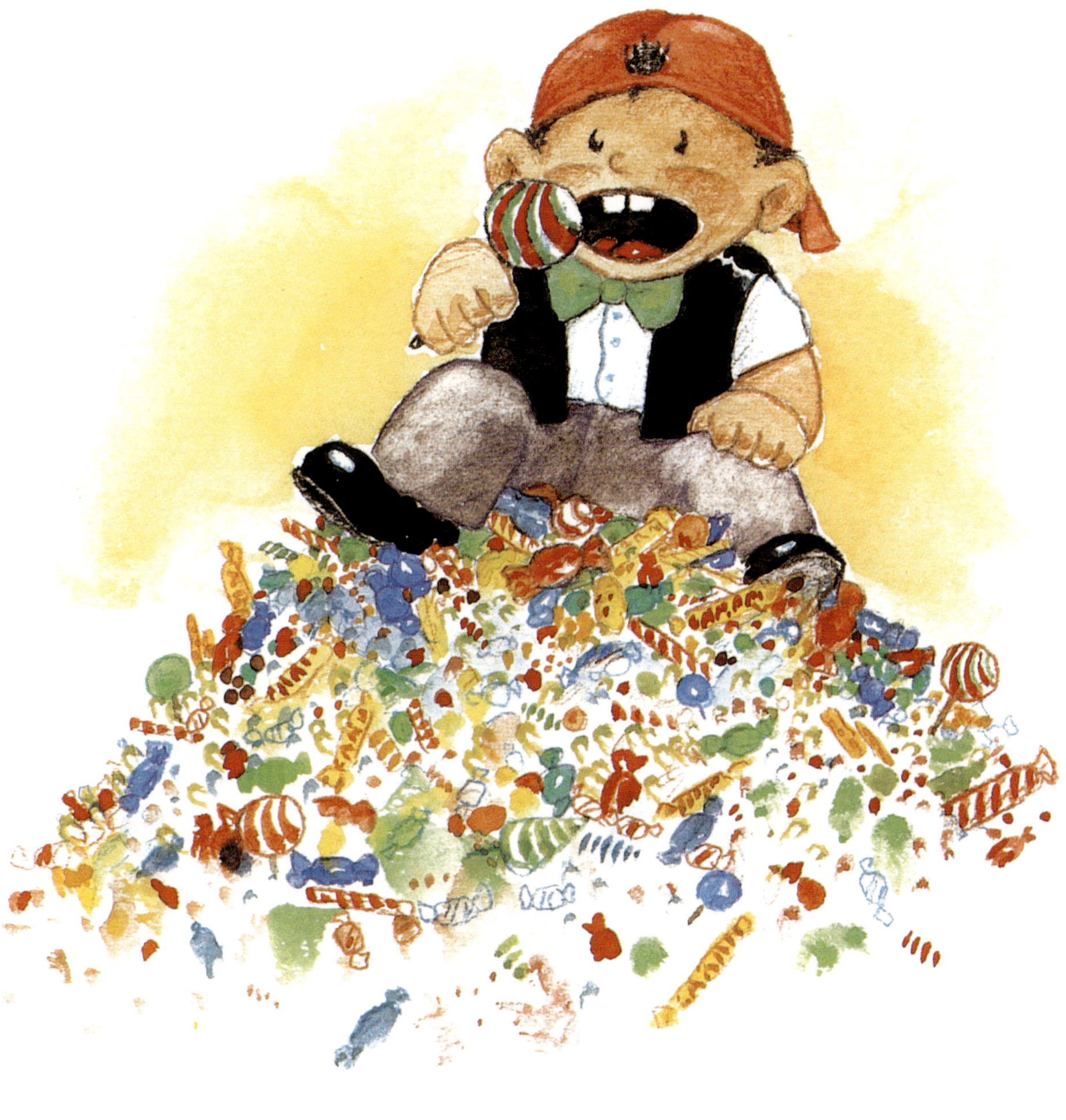

J'ai rêvé que j'étais un bébé.

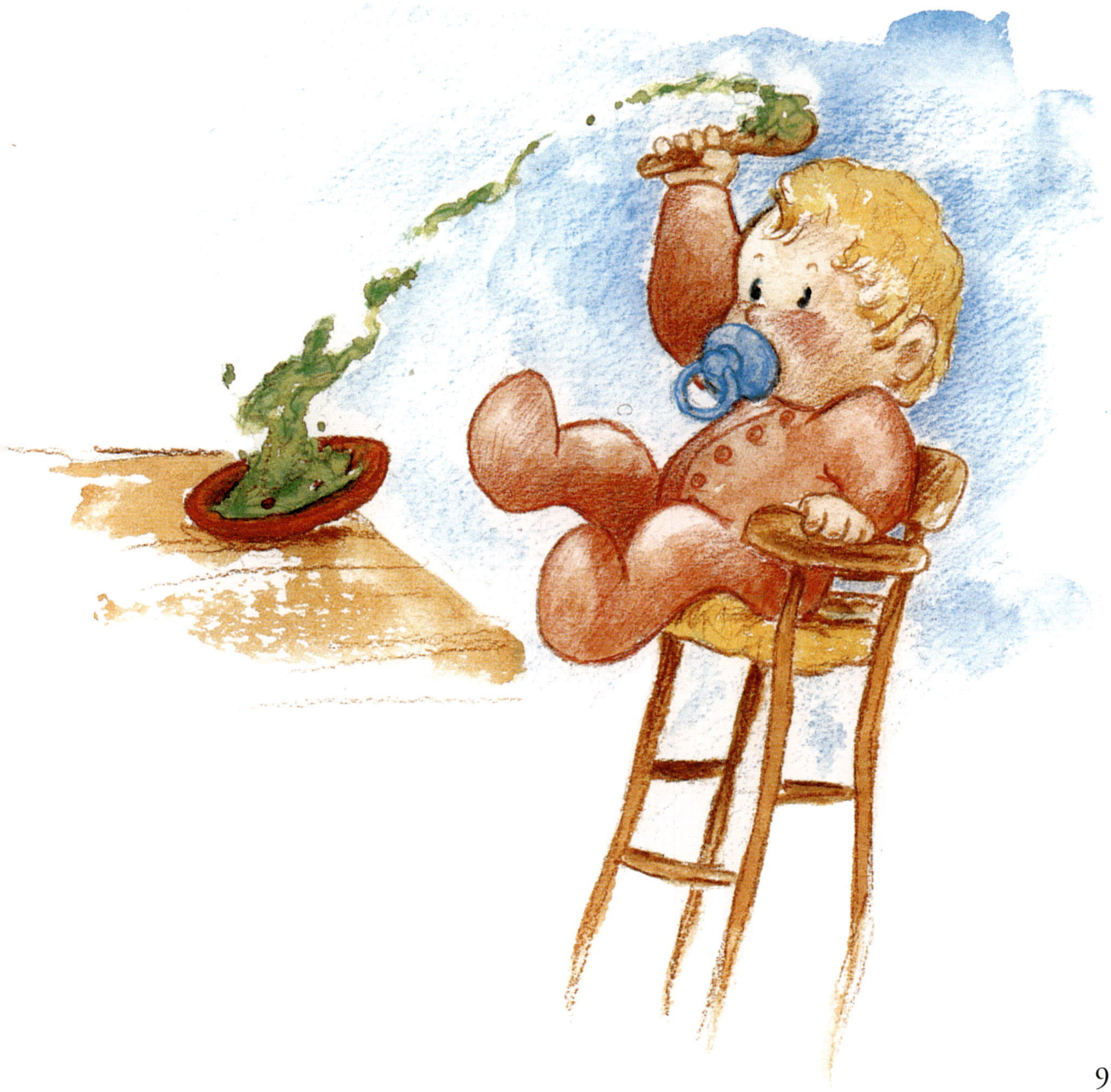

J'ai rêvé
que je n'avais plus peur
du noir.

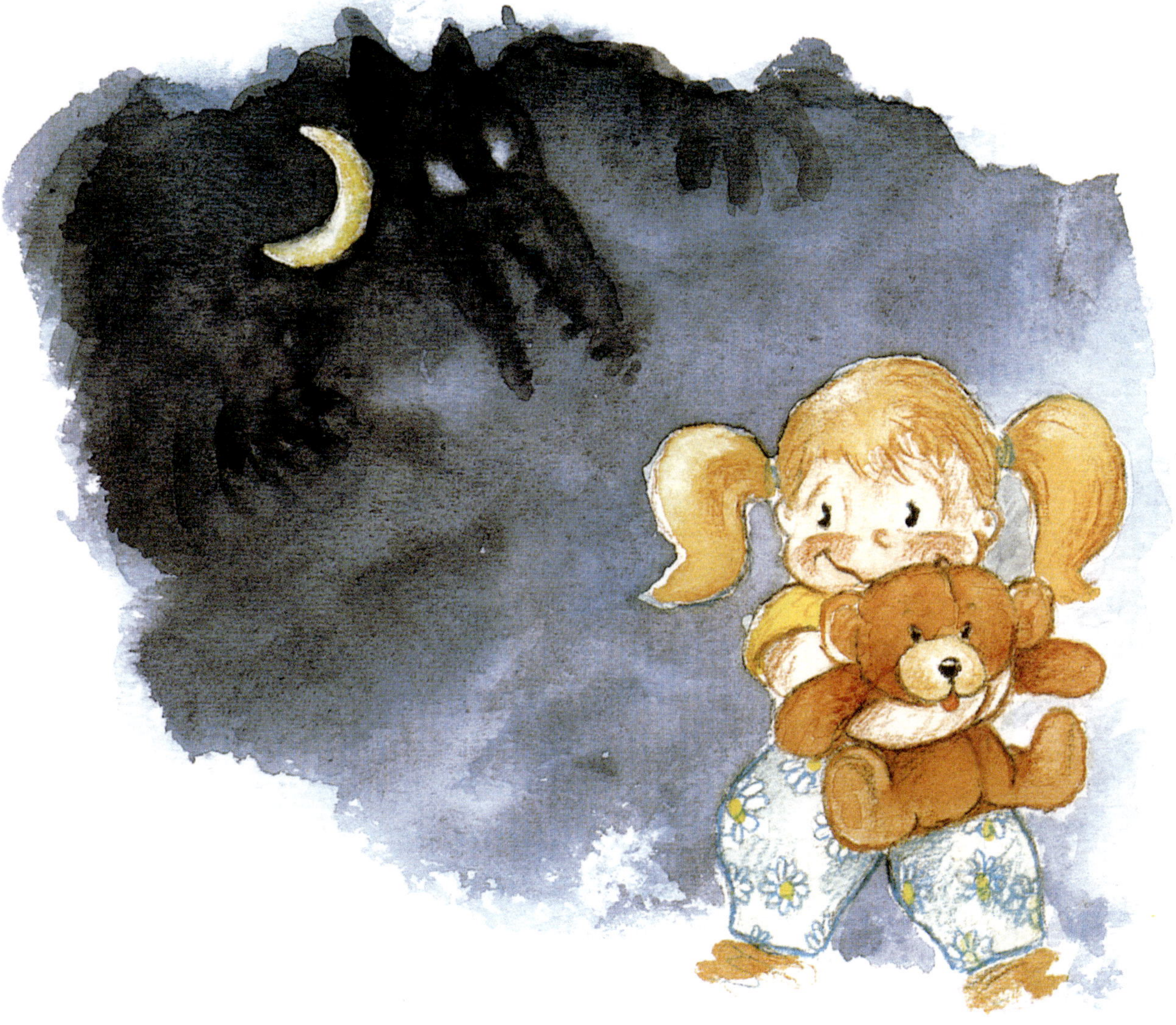

J'ai rêvé
que le soleil était vert.

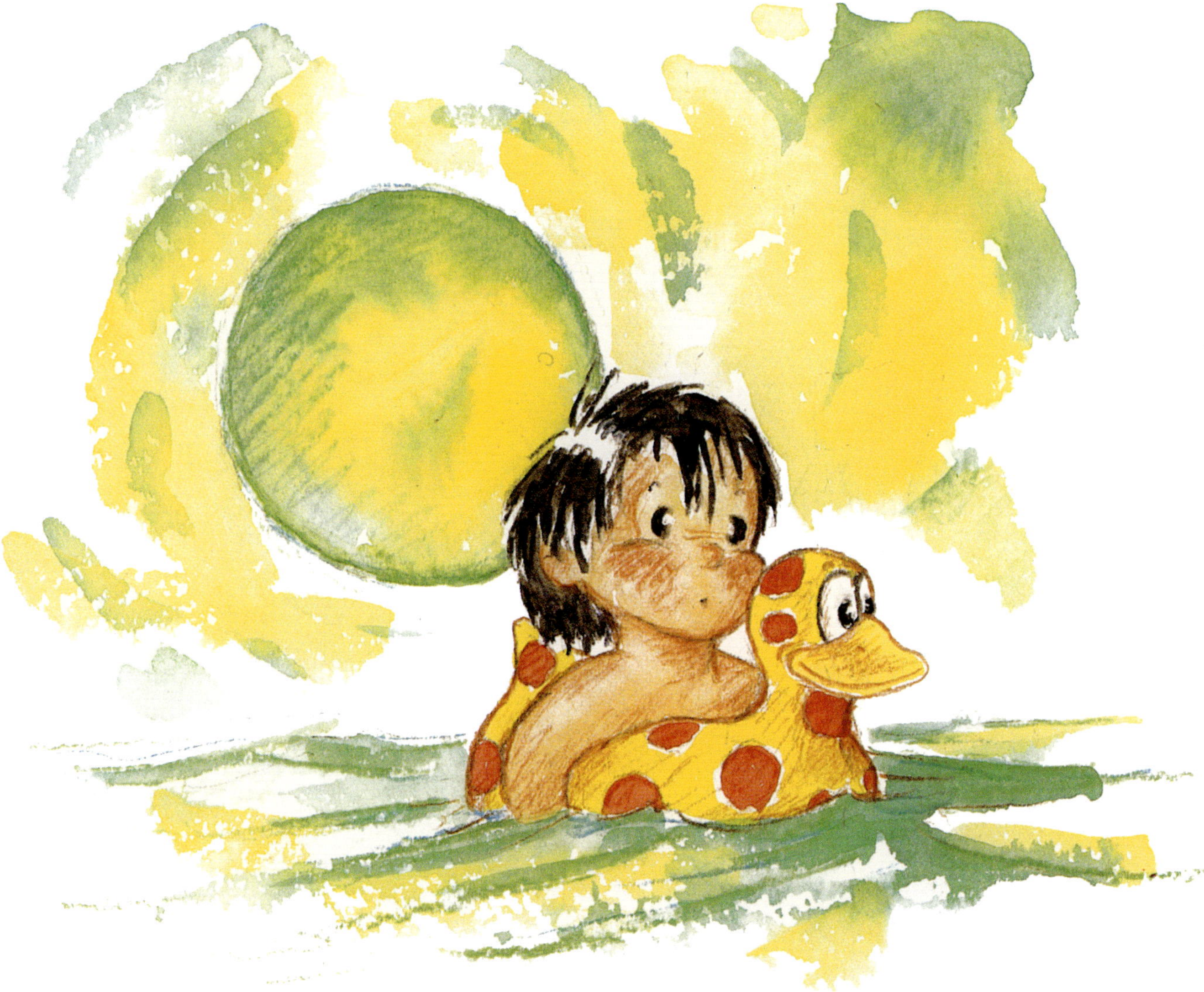

J'ai rêvé
que l'ogre faisait cuire
mon petit frère
dans une marmite.

15

J'ai rêvé
que je faisais peur au loup.

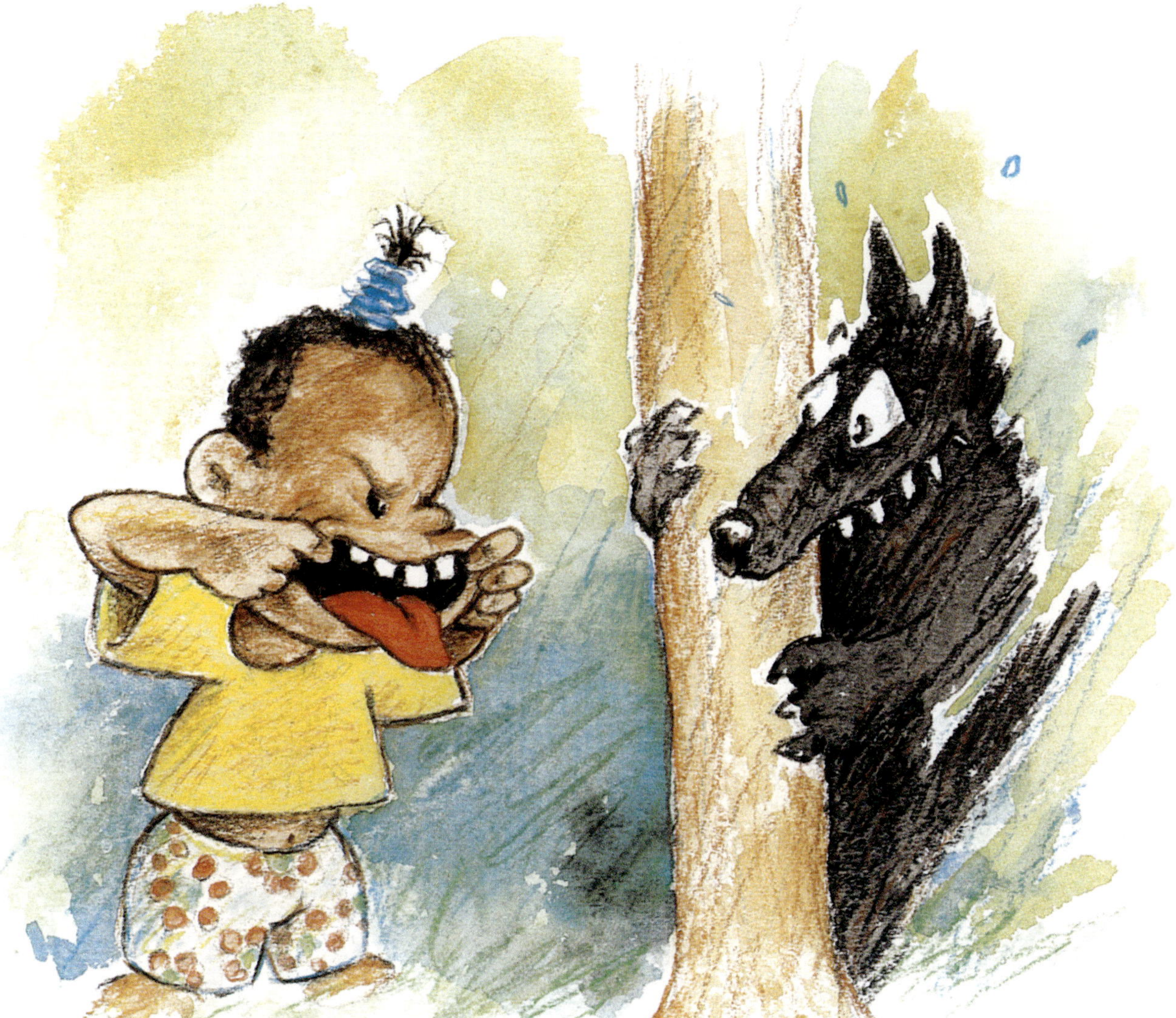

J'ai rêvé que j'étais vieux.

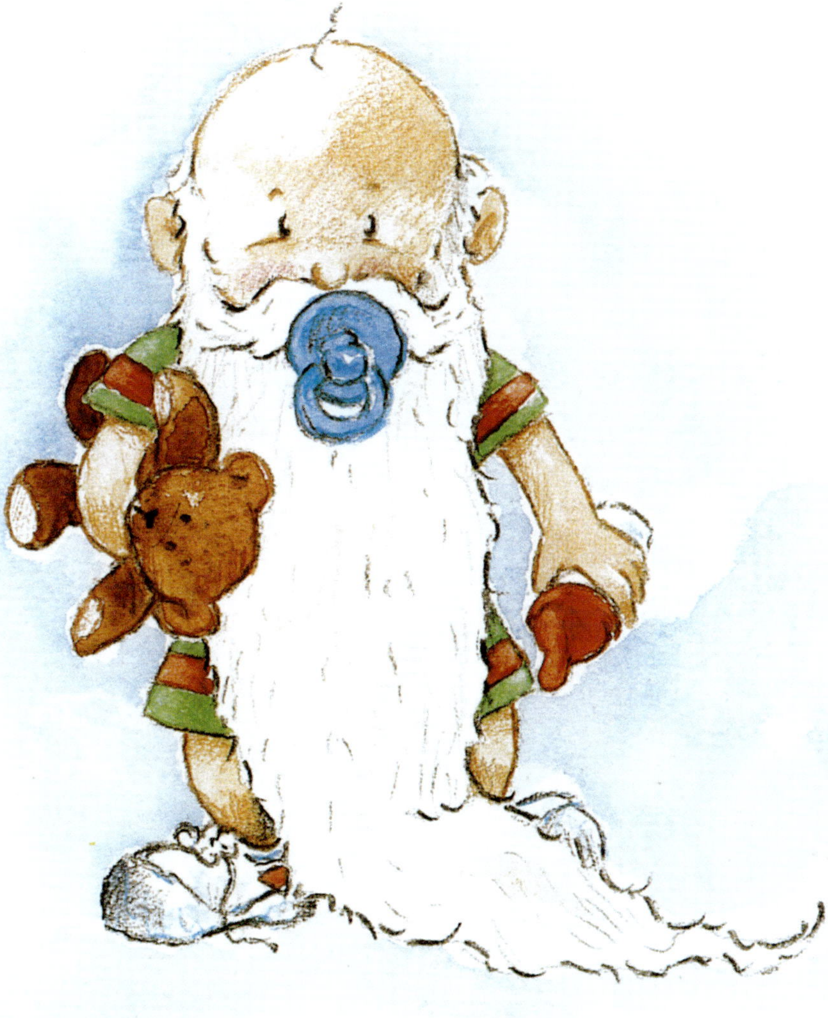

J'ai rêvé que j'étais une princesse.

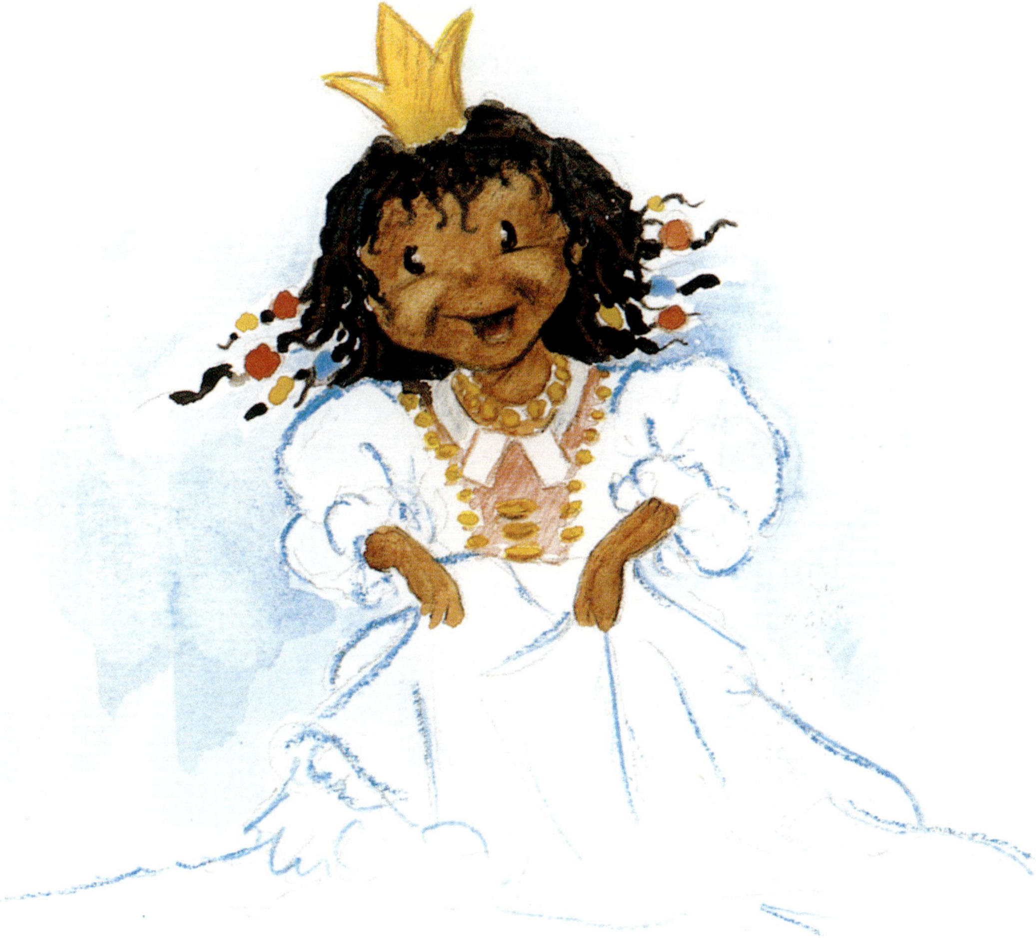

J'ai rêvé
que j'aimais la soupe.

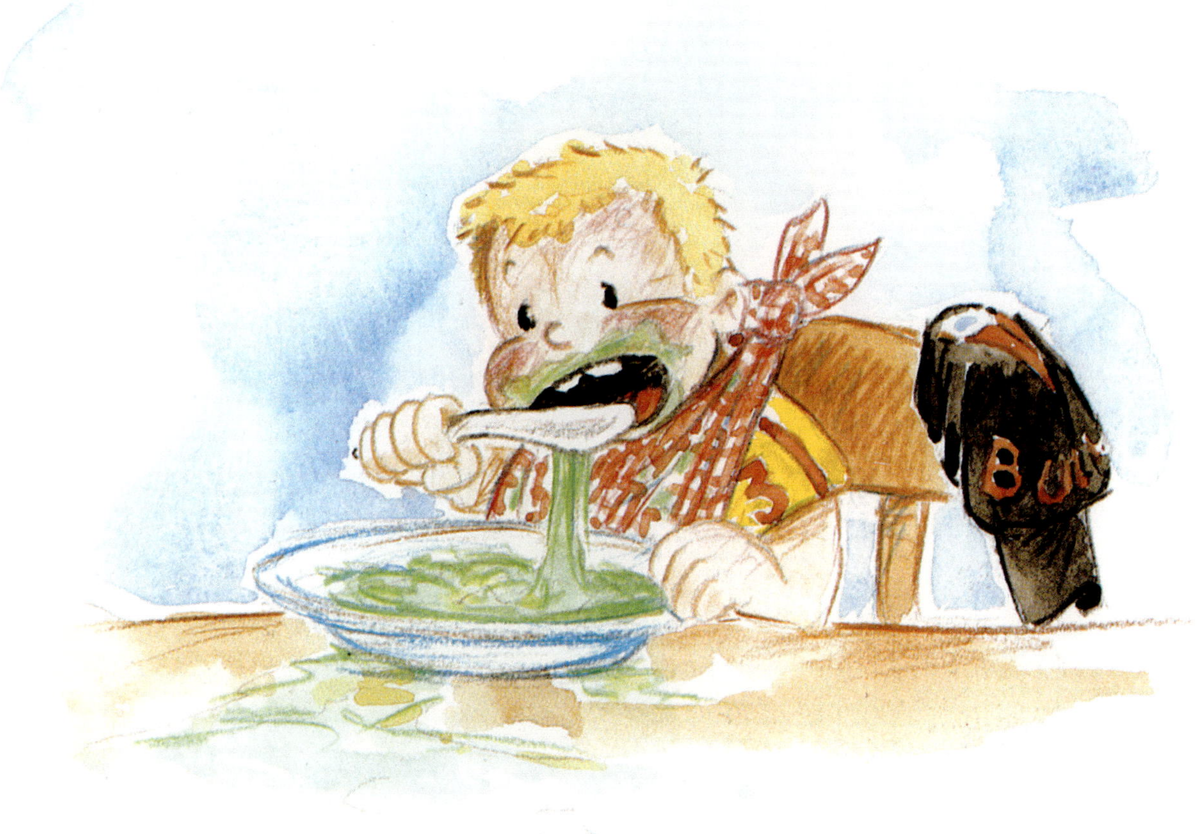

J'ai rêvé que j'étais un monstre.

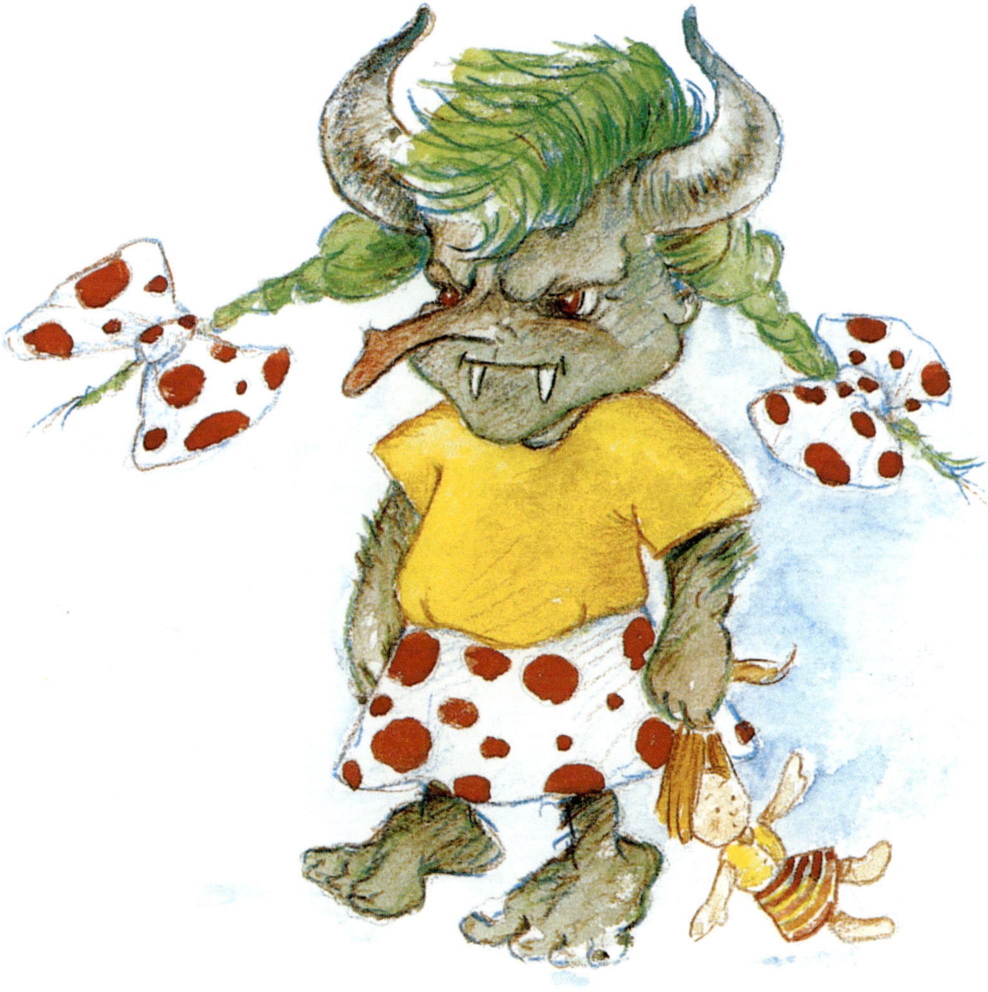

J'ai rêvé que j'étais le mari
de la maîtresse.

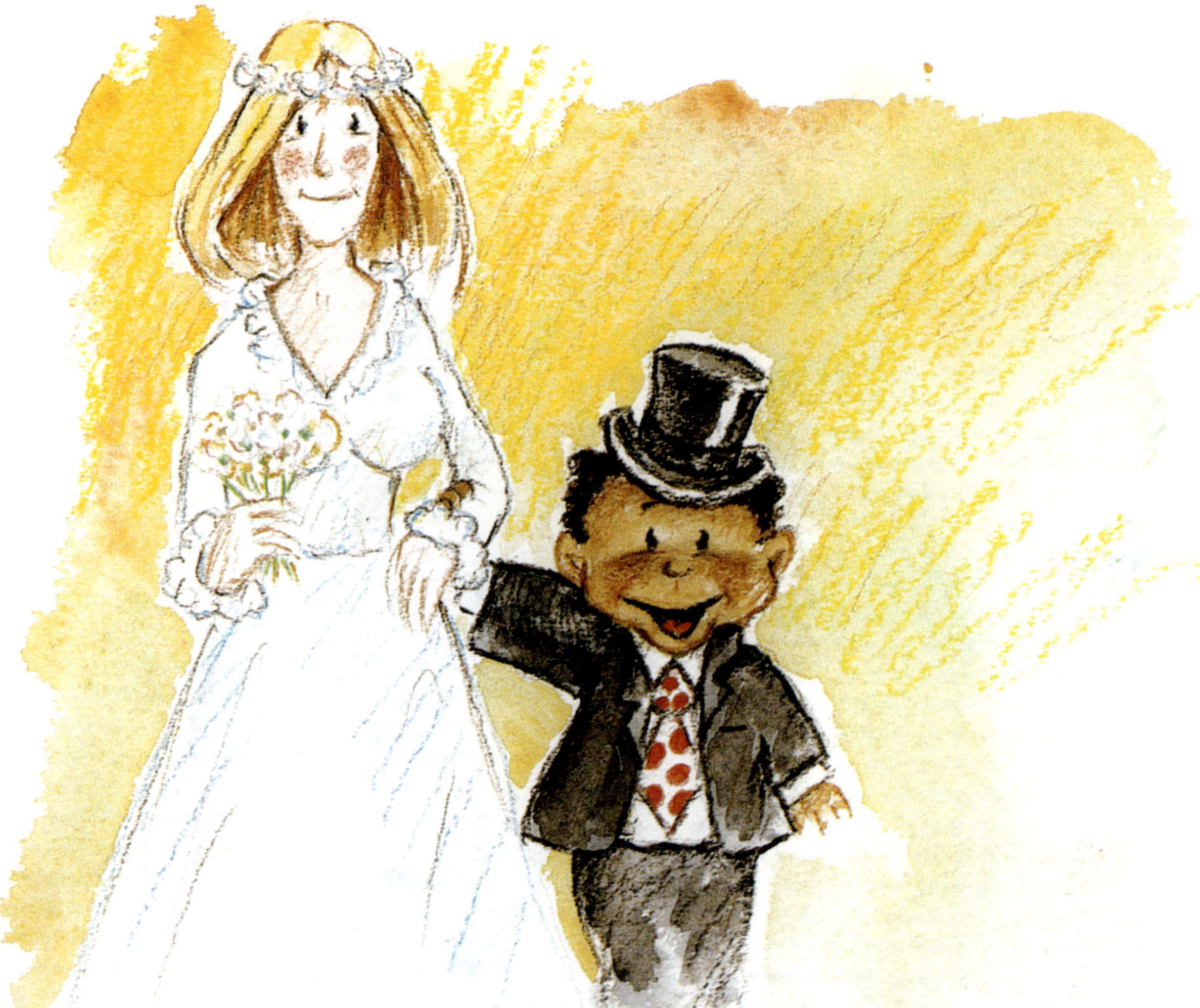

J'ai rêvé que je mangeais
une glace bleue.

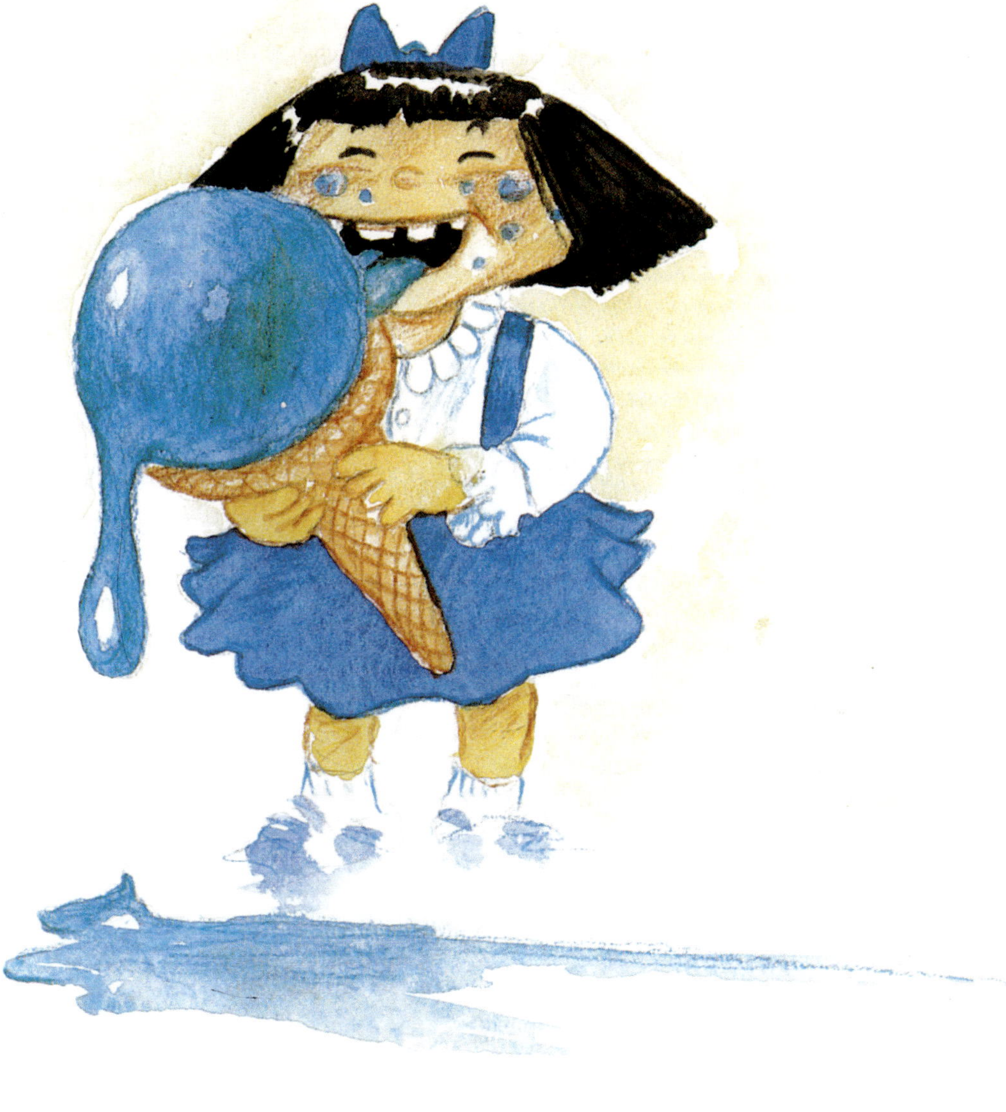

J'ai rêvé
que j'avais un drôle de nez.

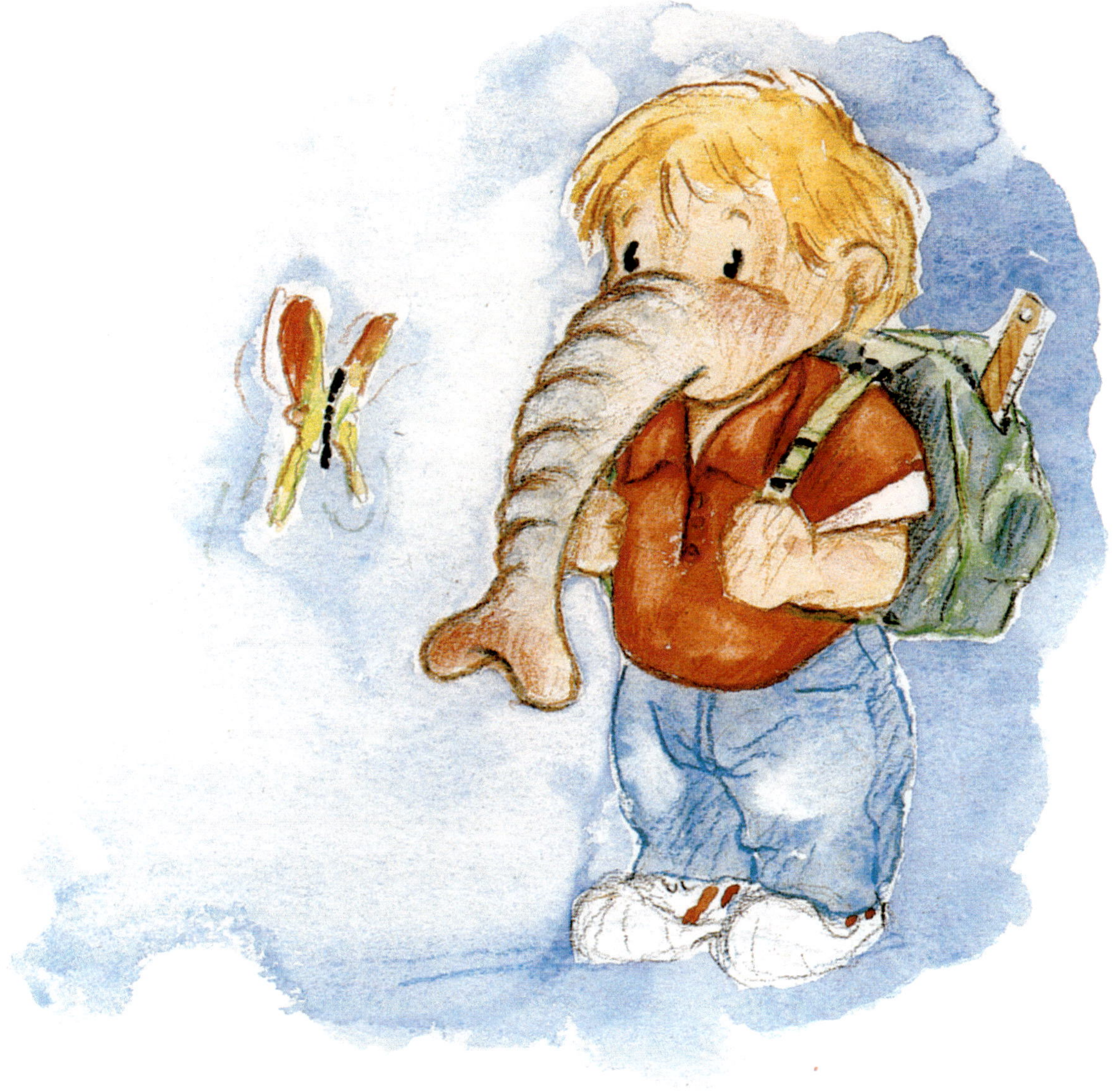

Et puis je me suis réveillé.